U0153517

世界文學藏 11

走進斯威夫特的諷刺遊記

LIFE OF DEAN SWIFT

作者／約翰·法蘭西斯·瓦勒

繪者／湯姆士·摩頓

譯者／史偉志

國家圖書館出版品預行編目資料

格列佛遊記 5：走進斯威夫特的諷刺遊記 / 約
翰・法蘭西斯・瓦勒 (John Francis Waller) 文 ; 湯
瑪士・摩頓圖 ; 史偉志譯 . -- 新北市 : 韋伯文化
國際 , 2021.06
　　面 ；　　公分 . -- (世界文學藏 ; 11)
譯自 : Life of Dean Swift
ISBN 978-986-427-398-0 (平裝)

873.596　　　　　　　　　　109018863

格列佛遊記 5：走進斯威夫特的諷刺遊記　世界文學藏 11

作　　　者	約翰・法蘭西斯・瓦勒
繪　　　者	湯瑪士・摩頓
譯　　　者	史偉志
發 行 人	陳坤森
責任編輯	李律儀、黃心彤、高惟珍 等
美術編輯	李季芙
出 版 者	韋伯文化國際出版有限公司
地　　　址	新北市永和區永和路二段 285 號 6 樓
電　　　話	(02)22324332
傳　　　真	(02)29242812
網　　　址	www.weber.com.tw
臉書專頁	www.facebook.com/estersbook
電子信箱	weber98@ms45.hinet.net
出版日期	2021 年 6 月
I S B N	978-986-427-398-0
定　　　價	150 元

【格列佛遊記】（第五冊）

走進斯威夫特
的諷刺遊記

傳記作家對斯威夫特生平的看法十分兩極。為他作傳的作家認為斯威夫特非常值得欽佩，甚至相當值得尊敬；同時亦有人發現，斯威夫特也有不少需要抨擊、批評之處。斯威夫特有一些他本人都無法自清的行為、自己都無法贊同的動機，以及自己都無法辯解或交代的作為。鮮少有事物能激發他的同情心，能讓他熱愛的事物更稀少，且他對事物的態度通常比較悲觀，有時甚至會轉為厭惡。

讓我們追溯他不平靜的一生，從出生一路談到死亡，這對傳記作家來說並不是無益又無趣的工作。我們能借鏡斯威夫特的生平，學到許多寶貴的教訓。我們能學到該如何靠著鍥而不捨與專心致志來克服人生重大的難關，以及身處最艱困的處境時，如何化險為夷。我們能知道學術與聰明才智可以控制一國的議會，並改變人們的想法與熱忱；我們能學到在政治圈中，光明磊落之人不會因為道德操守與堅持真理而免於遭人陷害；即使具

備人性中最美好與神聖的本能，仍會淪落到過著不安定又淒涼的一生，甚至悽慘又羞辱地死去。

斯威夫特出身小康的英格蘭家族[1]，我們能追溯其家族至十六世紀的約克郡，家族的其中一個分支曾遷至赫里福德郡。斯威夫特的祖父湯瑪士與德萊頓家族成員結婚，獲得了一筆財富，並且在羅斯附近的古德里奇教區買了一棟房屋。湯瑪士英勇無懼，忠於查理一世，然而這位君王卻讓他飽受痛苦，並付出了不少犧牲。湯瑪士的孫子紀錄：湯瑪士遭受圓顱黨人掠奪三十六次後（也有一說是五十次），他抵押了自己的家產，將錢財塞進背心裡並縫起來，之後前往國王當時的所在地。皇都的總督詢問他能為國王陛下做什麼。湯瑪士‧斯威夫特說他能將身上的大衣獻給國王，接著他將大衣脫了下來，拿給總督看。總督認為這值不了多少錢，於是湯瑪士‧斯威夫特說：「那就拿走我的背心吧！」他將背心撕開後，發現裡面裝著三百枚大金幣。

湯瑪士・斯威夫特牧師子孫滿堂，斯圖雅特王朝復辟後，長子歌德溫與奧爾蒙公爵夫人的親戚成婚，由公爵指派為愛爾蘭蒂伯雷里普法爾茨的檢察總長。歌德溫在當地事業有成後，三位兄弟前來投靠他，其中一位就是作者強納森・斯威夫特的父親老強納森。我們對老強納森所知不多，只知道他家徒四壁，並且與一名同樣一貧如洗的女性成婚，因此沒有從妻子那邊得到任何財產。妻子名為艾比蓋兒・愛力克，出身萊斯特郡的家族，其血統可追溯至征服者威廉的時代。老強納森似乎從英格蘭人的公司或地主得到了一些援助，之後於一六六五年取得都柏林金斯因法學院管理員的職務，也就是副財政總管。老強納森於兩年後過世，來不及見到傑出的兒子出生。

　　老強納森幾乎沒有留任何遺產給遺孀，還欠下大筆債務，這可是千真萬確。他欠了那些議員許多錢，原先是欠金因斯十二英鎊，後來這些議員替他善後，免得

債務愈積愈多。之後窮寡婦的大伯歌德溫・斯威夫特前來救濟，讓她住在自己家中，支付她生活的主要開銷。

一六六七年十一月三十日，我們這篇回憶錄的主角在這樣的環境中誕生了。強納森・斯威夫特出生於都柏林的荷伊公寓[2]，直到幾年前，那棟房屋都仍屹立於此。這個地區曾經輝煌過，但當時已經沒落，成為最貧窮的地區。若不是從船街抄捷徑前往城堡街，根本不會有人注意到這個地區的存在。我們都該感謝鼎鼎大名的古文物研究者——威廉・羅伯特・王爾德，因為他的促成，才有了史上第一幅描繪那間房屋的畫，為後人留下這段歷史。奇妙的命運注定了斯威夫特的一生有一段時間必定會回到祖先們的這塊土地生活。他的保母是英格蘭人，在她回老家的時候，把年幼的斯威夫特一同帶了回去(實際上是偷偷帶走的)。之後她扶養斯威夫特三年的時間，並費盡心力為他提供最好的教育。

六歲時，斯威夫特已經從保母身邊回到家裡一年了。

斯威夫特出生的房子

這時伯父送他去凱爾肯尼的先修學院就讀。他在那裡讀到十四歲，之後就讀都柏林三一學院 (Trinity College)，於一六八二年四月二十四日，以獎學金學生的身分，擔任喬治‧艾許閣下的學生。不論是在以前的學校或是後來學院裡，斯威夫特皆未曾展現出將來會聞名天下的跡

象。他生性討厭學校開設的這些課程，因此這些課就不值得談論。他確實很可能像歌德史密斯一樣，將學院裡的課程視而不見，而是閱讀了不少其他領域的知識，這對他日後的人生大有助益。

在他畢業前，伯父去世了，無法繼續提供他微薄的生活費，所幸有叔叔德萊頓的救濟，學業才得以繼續。不過這位和藹可親的窮苦人只能提供最低限度的生活費，因此斯威夫特要維持自己的生活是難如登天。就是在這個時候，斯威夫特開始養成節約的習慣，一生也都過得非常勤儉。雖然這樣的習慣起初值得讚賞，但隨著生活變富裕後，他就變得吝嗇起來。

三一學院的副教務長約翰・巴雷特博士是位特立獨行與博學多聞的人，其他仍記得這位怪異人物的人稱呼他為「傑基・巴雷特」。約翰・巴雷特在著作《論斯威夫特早年生活》(*Essay on Earlier Part of the Life of Swift*)當中，盡力地將所有能發掘的事項公諸於世。我們從斯

威夫特身上得知，不論他在邏輯、數學、物理的學習成就再怎麼微不足道，他從未違反過當時十分嚴格的校規。現在有許多條規範都已經廢除或者不再使用了，讀過那些校規的人都會莞爾一笑。因此大學中那些可怕的犯罪紀錄、註冊本或是飲食室帳冊都沒有任何斯威夫特受罰的紀錄。後來他變得一窮二白、沒沒無聞、庸碌無為，甚至連玩樂方面都不是很傑出。

　　一六八五年二月，斯威夫特準備為學位答辯時，他搞砸了。或許是因為他付不出錢購買任何一本由窮學者所寫、搬運工所賣的論文。斯威夫特非常善於推論，這點無庸置疑，然而他對古老辯證法的規則卻束手無策，對於該如何建構三段論就跟如何打造天文鐘一樣一竅不通，也分不清主要與次要的差別，更不用說主語與賓語。所以督學不得不來安慰他，將他的答案歸結到正統的論證原則與難以理解的事物。最後斯威夫特得到學位，當然不是因為他有這個資格，而是學校出於憐憫給他的，

也就是所謂的「特別恩賜」，還有另外兩位考生，處境與他一樣悽慘。所有人都能理解這麼一位驕傲、窮困又敏感的年輕人，內心深處感到多麼屈辱，然而這沒有讓他消沉，反而激起他對學科的叛逆與鄙視。因此那時起，斯威夫特便成為黑名單上的桀驁不馴之人。我們發現斯威夫特因為「惡名昭彰地忽視義務，以及常常前往鎮上」而受到懲處。

他將部分義務棄而不顧，數量多到不能再說他只是粗心大意與遊手好閒了，因此他有長達七十週的時間都受到懲處，諸如忽視禮拜堂與大廳的管理職務、翹掉夜間課程，或是翹掉下午與上午的鎮上巡迴唱詩班。巴雷特博士說：「我不相信這樣的責罰會讓他改過自新。」我們認為這反而造成了反效果。由於斯威夫特性格高傲，絕對無法容忍不斷受到侮辱，於是他似乎在這地區沉寂了好一陣子。

最終，在成年的那一天，他與其他人因未多次不服

紀律的行為、鄙視、頑抗以及羞辱副院長 (而且都是以拉丁文辱罵) 而被處以留校察看。之後他和另一位不幸的學生因為犯下比其他人更加無法容忍的過錯，而被迫在大庭廣眾下，跪下來向院長認錯。我們確實可以理解，如此羞辱重挫了他高傲的心，這也成為他這一生中為何總以悲傷和哀悼來慶祝自己生日的原因之一，他還會大聲喊出約伯經的段落：「願我生的那日那夜湮滅。」

在這樣的情況下，斯威夫特離開了學院，不久後他的故鄉成為先後兩任的英王詹姆士與威廉的戰場。斯威夫特費盡千辛萬苦，才徒步走過整個英格蘭，回到萊斯特郡的母親家中。他的母親無法替兒子做任何事情，還好有位與母親有些關係的人願意資助，他是赫赫有名的政治家與學者──威廉‧坦普爾。之後斯威夫特前往席恩公園，並且受邀住進坦普爾家，在裡頭得到了一份工作，不過待遇只比僕人稍微好一點，對他來說，這份職務非常羞辱人。他受雇替威廉爵士閱讀，有時也做抄寫

員的工作，年薪二十英鎊。這段時間兩人的交往並不熱絡，斯威夫特從來沒有與坦普爾有過任何對話，兩人也沒有一起在餐桌上用餐過。若要歸咎，斯威夫特的問題不比坦普爾少。毫無疑問，當時坦普爾從沒想過在這位無禮又孤僻的愛爾蘭青年居然蘊藏天賦與力量。

　　斯威夫特那時的一個優勢，就是能親近一座高等的圖書館，並且有充足的時間能使用它，而他也充分利用這個機會。於是他無視自身孱弱的健康狀況，每天刻苦耐勞地學習八小時，兩年的時間便汲取大量的學識與知識。最重要的是，他對於許多不同時期的政治有了深刻洞悉。正是這段時間，伴隨斯威夫特一生的疾病首次顯現出病症，最後他也因此病去世。後人針對這個疾病，已經歸納出幾項病因，並且提出許多臆測。威廉・王爾德爵士運用他傑出的能力，以科學方式進行調查，得知疾病基本上起因於腦部阻塞，它定期發作，並且逐年加劇，發作頻率與時間也隨之攀升。斯威夫特也曾對這個病症

的起因提出自己的說法，因此沒有理由去質疑病因分析的精確性。

斯威夫特給霍華夫人的信中寫道：「妳出生的兩小時前，我在里奇蒙德一次吃了一百顆蘋果，之後就開始頭暈目眩。當妳四歲又三個月大時，我在二十英里外的薩里端坐了兩天，我以前總在那裡讀書，而我的耳朵就在那天聾了。有兩位朋友拜訪我，每年他們都有一位會前來拜訪，他們都已經是老相識，想著現在正是團聚的時候。」王爾德說，斯威夫特提出的病因很適合用來驗證，因此我們才能排除其他已經提出的那些不切實際的推論。史考特針對這件事說道：「在醫書的作者可以治好當代人的疾病以前，評論家常為這些顯赫的死者冠上不名譽的病因。」斯威夫特曾受病魔所擾，影響到其研究。他曾短暫地重訪了故土，不過他很快就返回坦普爾身邊，之後定居於摩爾公園。像斯威夫特這樣天資聰穎又睿智的學者，不到最後關頭，不會輕言放棄他們的權

利，而坦普爾很快就懂得尊重與信任他的同伴，甚至在與威廉國王之間的機密對話中引薦了斯威夫特。國王無疑發現這位祕書深藏不露，當時坦普爾罹患痛風，與國王漫步於庭園時，斯威夫特學會以荷蘭人的方式來切蘆筍與吃蘆筍。

被稱作「木腿的埃爾賽維爾書商」的出版業者喬治・福克納，曾講過他成為斯威夫特與波普笑柄的事，那是他與斯威夫特一同用餐的故事。作為斯威夫特的客人，他不下兩次請斯威夫特幫忙處理蘆筍。「先生，麻煩請您先吃完盤子裡的食物。」喬治回覆：「先生，你說什麼！居然要我吃這些莖？」「是的先生，威廉國王也是這麼吃的。」出版社的德拉尼博士曾問道：「你要多蠢才會照他說的去做？」喬治說：「博士，說得真好。如果你曾私下與斯威夫特院長面對面用餐，就該相信，你肯定也會被迫吃掉盤子中的莖。」

如果斯威夫特接受威廉國王提供的騎兵團職務，結

果又會如何？或許幾週下來，他已經歷過五、六場戰役，並且會像另一名士兵迪克‧史提爾棄武從文，揮舞比武器更加強大上千倍的文筆，並且成就豐功偉業。無論如何，這都能把他從教會的手中解救出來，而《桶物語》(Tale of the Tub)已在他的腦海中成形，不會影響到他晉升的機會。華特‧史考特說，斯威夫特偏愛教會，不過任何人都能合理懷疑這個論點。

無論如何，一六九二年時，斯威夫特前往牛津攻讀博士學位。現在他無庸置疑地證明了自己是個博學多聞、天資聰穎之人。他在牛津所受到的教育足以作為證據，在斯威夫特往後的人生中，他感謝了曾經在此受到教育。也是在這段時間裡，他在詩歌的努力上首次亮相。由《頌歌集》(Book of Horace)第二冊的第十八首詩的翻譯可看出，詩句音律簡單流暢，風格樸實無華。其中四首都是由史考特所提供。以詩作的觀點來看，它們其實並不值得讚賞，其中一篇在雅典學會看來，就像是它所影射的

強納森・斯威夫特

乏味之人一樣乏味。

　　強森說：「有人告知我，德萊頓讀過這些詩句後說：『斯威夫特表弟，你永遠當不成詩人。』」這篇頌讚詩證實了德萊頓的預言，而斯威夫特日後的詩詞創作也一一驗證了德萊頓的論點。雖然這些詩作無法向我們呈現出斯威夫特作為詩人的身分，卻能證實他的學識淵博，諷刺力道強大，雖然平淡無奇，卻是嘔心瀝血的詩作。很遺憾，斯威夫特從未忘懷或饒恕德萊頓的批評。日後以

評論者身分報復德萊頓，批評相當惡毒且不客觀。這時斯威夫特已經與坦普爾一同生活將近三年，兩人之間的隔閡也漸漸加深。斯威夫特寫給威廉·坦普爾的頌讚詩確實能證實這項假設，而且沒有什麼需要質疑的。斯威夫特心性高傲、剛烈、不耐煩，十分注重自身能力，很厭惡受到束縛卻無法獨立擺脫，得依靠他人，也不想再繼續當默默無名的人，想要脫穎而出。

然而坦普爾協助斯威夫特達成夢想的腳步太慢，讓他心生怨懟；坦普爾則認為斯威夫特的怨言有失公允，甚至是忘恩負義。當時坦普爾身為愛爾蘭的主事官，提供一官半職給斯威夫特，每年薪資一百二十英鎊。斯威夫特的回應卻一如往常地尖酸刻薄。這份邀約給了斯威夫特一個契機，不必淪落到要接受教會的救濟，於是他打算前往愛爾蘭，投身宗教事務。坦普爾當然感受到了其中的諷刺意味，與斯威夫特鬧得不愉快，兩人因而分道揚鑣。

斯威夫特給表哥的信中寫道：「坦普爾對我的離去感到怒不可遏，除了要我好好表現，沒有多說其他事情，也沒有給予我任何有擔保的承諾。」接著斯威夫特前往愛爾蘭追尋授予聖職的機會，結果卻十分難堪。由於斯威夫特已經離開愛爾蘭許久，他又沒有證據證明自己的品行優良，因此沒有主教願意授予他聖職。對斯威夫特來說，低頭向坦普爾要求為自己擔保是種羞辱，因此他經過了五個月的掙扎才願意屈就。最終他還是向坦普爾，他的謙遜態度，足以消除任何怨懟。

擔保書完成任務，兩人達成和解。一六九四年十月，斯威夫特獲得了聖職，隔年一月成為牧師，並且獲得基爾魯特所給予的牧師俸祿，每年約一百英鎊。斯威夫特不太適應愛爾蘭鄉村教區的孤獨與沒沒無聞，很快就厭倦了這份職務，並殷切期盼能像以前住在摩爾公園時一樣，與達官貴人以及文人雅士交流。坦普爾沒有忽視這次他倆的分別，因為他認為他需要一名有才華與天賦的

人。在這樣的情形下，我們能輕而易舉地看出結果。坦普爾請求斯威夫特回歸，斯威夫特很快就欣然答應，幾個月後又成了摩爾公園的住戶。謝里丹曾說過一則關於斯威夫特的浪漫故事，並由史考特加以改寫，不過似乎沒有任何事實基礎，蒙克·麥森先生也不予認同。故事裡提到，斯威夫特辭去教會的工作，並將職務保留給一位偶然遇到、窮困潦倒的老教士[3]；不過斯威夫特其實是在回到了英格蘭一段時間以後，才辭職的。在斯威夫特自己的陳述中，只是說自己辭去了職務回到英格蘭的原因，就只是為了一位朋友。如果這則故事屬實，那斯威夫特的陳述肯定不會有任何不當之處，況且，也沒有證據能證實這則故事是出自斯威夫特之手。

短暫分別對兩人都十分受用，因為他們各自都體認到對方的價值。因此斯威夫特以坦普爾光榮密友的身分重新搬回摩爾公園，並且持續住在那直到坦普爾於一六九九年過世為止，這段時間內鮮少有任何事情能干

擾兩人間和諧的友誼。坦普爾在遺囑內寫道，編輯與出版自己作品的重責大任將託付給斯威夫特，遺產也留下了一筆給他。斯威夫特定居於摩爾公園的後期歲月中，結識了一名友人，他倆並緊密地聯繫在一起，這樣的關係一直引人遐想。不論如何，這段關係深深影響了兩人的生活，為他們帶來幸福，也為他們帶來相當多的不幸。

「當威廉・坦普爾離開席恩，在某個夏日搬到摩爾公園時，他帶著一位名為強森的淑女一同前往，作為他的管家。強森天資聰穎，鮮有女人的閱讀量比她更多，更沒有女人能像她一樣能言善道。」她獲得的職位顯然比原先應徵的更高。她說自己是一名商人的遺孀，她的丈夫生意失敗後便撒手人寰，留下三名兒女。她將老么伊瑟・強森帶來摩爾公園，讓她在那裡接受教育，穿著比她的身份更體面的衣服。世人很快就將這歸功於比友情更加強烈的羈絆，人們相信小海蒂（編者按：伊瑟・強森，人稱史黛拉，別名海蒂）是坦普爾之女，而且許

多情況都證實了此一猜測。這名孩童生於一六八一年，當斯威夫特搬回摩爾公園時，她正好十四歲。斯威夫特在她死亡的日子寫道：「從沒有任何女性生來比她更有天分，也沒有幾位女性能藉由閱讀與對話提升自我。」

斯威夫特以提升這位女孩的心靈為己任，兩人間的關係無意中從師生變為戀人，之後更加親密。在她滿十五歲前，一直都是體弱多病，但是之後健康狀況良好，「看起來就是倫敦最美麗、優雅、標緻的年輕女性之一。她的頭髮比烏鴉更黑，臉上的五官非常完美。」這段文字應是情人眼裡出西施，因為現存的肖像畫都不符合這段敘述。

此時不論是斯威夫特，或他的這位女學生，似乎都不確定心中的感情為何。事實上，斯威夫特曾愛上一名大學生的妹妹珍‧瓦玲小姐，並且以瓦莉娜之名頌揚對方，後來向她求婚，卻遭對方拒絕。在這之後，斯威夫特的熱忱似乎被澆熄了，這時對方卻愛上斯威夫特，反

在摩爾公園內的斯威夫特與史黛拉

過來成為追求者。儘管對方提出婚約，斯威夫特的態度卻十分冷淡，而這肯定冒犯了對方的自尊，讓訂婚一事告吹。很有可能，斯威夫特學生的魅力無意中讓他移情別戀，因此不再眷戀瓦玲小姐了。

坦普爾死後，斯威夫特開始編輯這位贊助者的作品，並且將作品獻給了國王，希望能對英格蘭有所助益，並達成對坦普爾的承諾。然而這些希望落空了。根據斯威夫特的說法，這要歸咎於羅姆尼領主箝制了他對國王的請願。他在宮廷中庸庸碌碌地過了一段時日，只獲得了一些文學上的聲譽。之後他陪伴柏克萊領主前往愛爾蘭，以牧師兼祕書的身分服侍愛爾蘭總督。然而，祕書的職位並沒有保證就是要給斯威夫特擔任，而柏克萊答應要補償他，等到教會懸出高職時，就讓他接任。德里教區不久後就空出牧師的職務，斯威夫特的契機也隨之到來。然而，令斯威夫特震驚又憤慨的是，他發現自己被公爵祕書搶先了一步，對方還要求一千英鎊作為任命費用。

牧師從城堡中的公寓搬走時，是這麼回覆的：「你們這兩個該死的惡棍！」斯威夫特不會妥協於有罪不罰之事，於是公爵很快就提供奧賀爾教區牧師的房屋，以及拉拉科於一七〇〇年代初期才新增的拉斯比甘牧師的職務來安撫他。斯威夫特保住了自己的教會職務，並繼續享有總督家族的陪伴。而柏克萊夫人與兩位女兒地位崇高，替斯威夫特的才智與成就增輝了不少。

伯爵夫人為了讓過於活潑的女兒貝蒂・傑拉明小姐能好好地齋戒與禱告，寫信給斯威夫特，請求他每天唸一些道德或宗教的故事給她聽。這些事讓斯威夫特感到厭煩。羅伯特・波以爾的《偶時反思》(*Occasional Reflections Upon Several Subects: With a discourse about such kind of thought*) 是本受到高度重視的書，然而斯威夫特對那些空泛又矯揉造作的論述興致缺缺，於是想了一個有趣的笑話來苦中作樂，為這份不合意的差事增添樂趣。斯威夫特寫作《掃帚沉思錄》(*A Meditation upon a*

Broomstick, 1711) 時，將波以耳的風格模仿得維妙維肖，之後悄悄出書，他還將內容唸給了伯爵夫人聽。該書的書名就讓公爵夫人大為驚訝。「《掃帚沉思錄》還真是奇特的主題！不過我不知道這位神奇的作家能從微不足道的掃帚得到何種領悟？他又能在書中寫下哪些實用的教誨呢？就讓我們聽聽看他會說些什麼吧！」

之後斯威夫特以沉著冷靜的口吻，開始朗誦這本比波以耳的沉思錄更加逗趣的書，而聽眾也不時發出讚嘆，甚至打斷斯威夫特的朗讀。伯爵夫人心思樸實，告訴幾位朋友：「博士剛剛才唸了那篇傑出的《掃帚沉思錄》給我聽。」不過朋友們表達出對這篇文章一無所知。伯爵夫人繼續說道：「哎呀，你們自己去讀那本書，就會知道了。」接著其中一人翻開書本，發現是斯威夫特親手寫的手稿，於是現場一陣哄堂大笑。被騙的人也開心地加入，並說：「他還真壞，居然開了這麼卑鄙的玩笑來騙我！不過這就是他的作風，從不猶豫對任何事情增

添一些幽默。」斯威夫特在世時，曾與貝蒂・傑拉明小姐有書信來往。從現存的的信件來看，她肯定是非常具有魅力的女性，明智、聰明，還有一點放蕩，喜歡五花八門的娛樂，而且隨時都能以詩詞或是益智遊戲來回敬斯威夫特，因此兩人結為一生的摯友。

斯威夫特後來獲得了新的職務，要前往愛爾蘭的拉拉科就任，不得不與這些和善的人們離別。據說斯威夫特是匿名徒步前往，不過考量到他的幽默感與貧窮時的習慣，事實恐非如此。斯威夫特寫了幾首與路上經過的小鎮有關的詩，因此我們能得知他這次旅途的路徑。如果想知道關於斯威夫特旅途的有趣故事，可以從《斯威夫特傳》(Swiftiana) 得到充分的資訊，不過可別輕易上當，認為這些全都是事實。斯威夫特進入一棟房子後，宣布自己是助理牧師的「主人」，讓原先住在屋內的家庭整天惴慄不安，後來他當了好一陣子的暴君。當屋內的夫妻打從心底感到不滿時，斯威夫特突然心性大變，

態度大轉，變得十分友善，贏得了夫妻的尊重。

　　歐瑞里領主也曾講過一則故事，儘管特奧費拉斯・斯威夫特認為這不是事實，並說他曾在一本一六六〇年出版的笑話冊中，讀過原版的故事，不過從故事的內容看來，這確實是斯威夫特的作風。新官上任的斯威夫特頒布告示，說明自己每星期三與星期五都會上教堂服務。星期三來臨時，鐘聲敲響，這時斯威夫特在佈道的講台上，不過現場卻沒有任何信徒，只有教區的書記人員羅傑・考克斯出席。斯威夫特開始嚴肅的講道：「親愛的羅傑，《聖經》將你我帶往不同的地方。」

　　史考特傾向相信這則故事，補充說明斯威夫特無法忍受羅傑的虔誠，忍不住開玩笑。據傳，羅傑的幽默獨樹一格，也很機智，因此與斯威夫特一拍即合。羅傑本身是一名帽匠，習慣穿著淡灰色的外衣與緋紅色的背心，大小不合身，他以自己屬於教會的激進派成員為由，來證明他的穿著正確無誤。他隨時都準備好講笑話，或是

吐槽他的上司。這都要歸功於斯威夫特。從斯威夫特開始從事聖職，甚至是整個聖職生涯中，都順從著心中的狂熱與真誠，他能拋下工作義務，並從未真心喜歡教會與信仰。斯威夫特剛搬到新住處沒多久，尚未致力於他的職責時，他崇高的聲譽便引來龐大的信徒與會，不久後便無法與羅傑閒話家常。

斯威夫特的活力也展現在他的牧師住宅裡，房屋翻新了，庭院開花了，河水的水勢不再洶湧也不再氾濫，而是和緩地流過河畔（不過這項改善還有待考證）。河岸兩旁各種了一排整整齊齊的柳樹。

我們也許很難相信，斯威夫特在做這些事情時，他已在期望著某個人的到來，那人深受他的獨立所吸引，且能為他帶來遠勝過與都柏林那幫幽默機智之人為伍時的快樂。他很快就邀請伊瑟・強森離開英格蘭並搬到他那個區域生活。他在當下的處境做出這樣的決定，是十分合情合理的。威廉・坦普爾爵士在遺囑中寫道：「我

要將愛爾蘭威克洛郡莫里斯敦的幾片土地留給妹妹吉弗德的傭人伊瑟・強森。」之後伊瑟在其監護人丁格利夫人的陪同下（她是個值得尊敬但影響力不大的中年女性）前往愛爾蘭，並搬進了距離拉拉科兩英里外的崔姆小鎮。

　　這時斯威夫特與伊瑟・強森之間的情誼正要展開，且至死不渝，不過伊瑟確切的死因從未獲得證實。衡量證據與可能性後，我們能猜測他們訂有婚約，且有情人終成眷屬。我們從斯威夫特寫給對方的文句中，只會看出符合名譽的殷切之愛，但即使不明說，兩人內心早有默契；從伊瑟初到愛爾蘭，兩人之間的關係就已修成正果。根據斯威夫特的看法，他這麼做是為了讓這份羈絆能更加慎重。不幸的是，時間的耽擱，損害了斯威夫特的名譽，也阻礙了兩人的幸福。這段時間裡，兩人的互動受到矯枉過正的禮數所限。史黛拉在崔姆小鎮落腳，跟丁格利夫人一起搬進牧師住處時，斯威夫特不在那裡而是在拉拉科；即使兩人相會時，也總有第三者在一旁。

史黛拉的胸像，位於戴爾鎮

像史黛拉如此年輕貌美又迷人的女孩，肯定有追求者。附近地區的教士威廉・提斯戴博士曾透過斯威夫特向她求婚。斯威夫特擔心深愛之人將成為他人的妻子，因此沒有如實告知史黛拉，不過他肯定認為自己的所作所為背叛了她，也背叛了自己。我們也能預料到結果：史黛拉拒絕了提斯戴的求婚，往後沒有任何追求者敢向她求婚，而她的命運與斯威夫特緊緊相連，無法分離。

此時，斯威夫特正在充實自我，準備以政治作家的

身分出現在世人眼前。多年來，斯威夫特與坦普爾以及他在坦普爾家中遇到的偉大政治家有所交流，他也以清晰、睿智的才能研讀歷史與人類的一切，而這段時間的努力沒有白費。他似乎在高端派教士的信仰以及惠格黨一派的政治理念之間徘徊。排除掉《書籍之戰》(*Battle of the Books*)，他發行的第一篇論文就是探討政治，而且還是站在惠格黨的立場。他強力抨擊索莫斯、哈利法斯，以及其他與瓜分西班牙條約的相關人等，提到的內容也不乏國會兩黨之間的拉鋸。

斯威夫特細讀希臘與羅馬的歷史後，於一七○一年匿名發表《論希臘羅馬之貴族平民間的競逐與紛爭》(*Discourse on the Contests and Dissensions between the Nobles and the Commons in Greece and Rome*)，他表示，摧毀了這兩個古老自由國度的紛爭，現在將同樣引導他的國家走向滅亡。雖然這篇論文在今日看來已經不再受用，當時仍吸引了普羅大眾的目光。文章簡明扼要、高

潮迭起、論述清楚、思緒清晰，吸引了古典經典研究先驅的目光，之後被認定為人人都該拜讀的巨作，甚至使得學者們開始焦頭爛額地推論作者是誰。最後基爾摩主教的一聲冷笑，終於使斯威夫特承認自己是該文的作家。從此以後，斯威夫特的天分與才華受到認可，並結交了許多政治圈與文學圈內的重要人物 [4]。

斯威夫特出版的下一部作品為《桶物語》，初稿在他大學時期就寫好了，不過到了一七〇四年才終於發行。儘管我們無法否認這篇諷刺傑作十分幽默，又具備尖酸的機智，然而文字的草率與粗糙讓我們感到可惜。他時常將毫不相關的內容接在一起，像是其中談論宗教事務的部分，難怪他這輩子總是讓其他人大有理由拒絕他晉升到教會的最高職務。

不過《桶物語》確實為教會帶來益處，而且讓所有人都爭相閱讀。史考特說：「這本書的主要目的為追溯羅馬教會日漸衰敗的過程，並且廢棄羅馬公教與長老教

會，推崇英國改革教會。」雖然該作是匿名出版的，不過沒人質疑作者是誰，斯威夫特也不曾否認過[5]。然而高端派教會的原則，並沒有阻止斯威夫特擁抱與投靠惠格黨。惠格黨欣賞斯威夫特的才華，並且尋求其文采的協助。不過，斯威夫特曾說過，如同他這輩子的其他時間一樣，這段時間他努力維持惠格黨與托利黨兩大政黨之間的平衡，避免任何一方坐大。斯威夫特以高端派教會的惠格黨員立場，撰寫了《尊重信仰與政府的英格蘭人教會之觀點》(Sentiments of a Church of England Man with respect to Religion and Government)，並於一七〇八年時出版，不久後又發行《聖禮談》(Letter upon the Sacramental Test)。其中《聖禮談》或許能追溯至斯威夫特與惠格黨關係淡化的開端。

長久以來，斯威夫特都有機會得以證明自己與愛爾蘭教會的情誼。女王曾豁免英格蘭教會，不必支付第一批收成與「二十分之一稅」，而斯威夫特也曾試圖替愛

爾蘭教會爭取相同的豁免權，卻是以失敗告終，不過之後大主教國王重啟這項提議，尋求斯威夫特的支持。斯威夫特努力不懈，花了三年時間，最終於一七一一年得到特許，免除愛爾蘭教會繳納這些稅金 6。愛爾蘭教會永遠都不會忘懷他們欠了這位勇士與恩人一份大恩情。

協商過程讓斯威夫特不得不在倫敦駐留許久，他也同時結交了兩黨的中堅人物，並不忘追尋自己的利益與升遷。儘管他大有理由期望能透過索莫斯領主的影響力，從華頓領主那獲得升遷管道，但事情不如他的預期。

據說斯威夫特為了這份利益低聲下氣、卑躬屈膝，不過這個說法缺乏強而有力的證據，並遭到史考特駁斥。可惜那位喜好、宗教與政治都與斯威夫特立場相悖的庫克・泰勒博士又重提這項舊事。各位客觀的讀者都須承認，這樣的行徑，豈是那位年輕時以驕傲嚴厲的口氣拒絕坦普爾的資助，且同時又捍衛愛爾蘭自由的人做得出來的？

一七〇九年，斯威夫特出版了《宗教改善計畫》(*Project for the Advancement of Religion*)。史考特說道:「本計畫對所有認為國家昌盛與國家道德息息相關之人，影響深遠。」不久之後，基於該計畫提出的其中一項建言，倫敦蓋了五十座新教堂。

斯威夫特接著又發現，譏笑占星師是一項完全符合他幽默感的事。斯威夫特以艾薩克・比克斯塔夫為筆名，在其他文學圈友人的協助下，將約翰・帕德烈治評為假冒者，不斷以機智言語以及諷刺口吻進行一連串的抨擊。理所當然地，帕德列治最終被攻擊到一蹶不振。對社會有更大助益的，是《閒談者》(*Talter*) 中幽默風趣的遣詞用字。斯提爾猜測這是斯威夫特以艾薩克・比克斯塔夫的筆名寫作的。此長系列的連載作品從愛迪森的時代一直持續到麥肯錫的時代。《閒談者》裡頭充滿才華、幽默、機智與學識，豐富了我們的文學。

斯威夫特在倫敦過著宜人的生活，讓他無法精進自

我，之後他與贊助者道別，於一七○九年離開英格蘭首都，前往愛爾蘭。當他抵達後，便投身於拉拉科的柳樹之中，享受史黛拉的陪伴，並思索自己能在文學上能有何種新成就。

斯威夫特不打算要與世隔絕地過一輩子。斯威夫特在愛爾蘭待不到一年，惠格黨內閣失勢的跡象已清晰可見。薩謝弗雷爾煽動性的講道所引發的暴動，加速了惠格黨政府的垮台。斯威夫特可能又想置身於政治活動之中，這時回去倫敦的契機降臨了。愛爾蘭教會認為在這個好時機，應重申他們第一批收成的豁免權，因此斯威夫特得以加入一個被委託來完成此任務的團隊。於是，斯威夫特於一七一○年九月九日回到倫敦。

斯威夫特作為愛爾蘭一個教區的負責人，惠格與托利兩黨的中堅人物都深知他的能耐，想要加以運用，因此對他大獻殷勤。斯威夫特寫給史黛拉的信中曾說道：「惠格黨汲汲營營地想見到我，彷彿我是他們溺水時手

中握住的樹枝，這些大人物只想讓我幫他們卑微地道歉。」斯威夫特對惠格黨感到不滿。而托利黨領導人哈利帶著最為奉承的好意與敬重與斯威夫特見面。由此說來，中庸的托利黨員與中庸的惠格黨員的政治觀點竟十分相似。

斯威夫特先是被引薦給聖約翰，他就是日後名聞遐邇的柏林伯克領主。在聖約翰功成名就之前，斯威夫特長久以來都是被收編於新內閣之下。斯威夫特與這些人的互動十分長久、親密。儘管受到奧瑞里領主的監視，我們仍認為他們的互動是十分熱切與有關機密的。有許多證據證實，斯威夫特孤高的心只能接受完全的平起平坐，而哈利與聖約翰也都合乎他的心意。現在斯威夫特真心誠意地為新內閣服務。他能推測出《檢驗者》(*Examiner*) 的所作所為，並且以諷刺詩與滑稽模仿詩，無情地抨擊華頓、歌德芬、古柏、瓦波爾，以及其他人士。此一舉動必然導致他與過往的朋友陷入衝突，像是

愛迪森與斯提爾。雖然他並不是以尖酸刻薄的言語批判斯提爾，卻是毫不留情地抨擊愛迪森。理所當然，最終結果是與其中一人產生隔閡，與另一人徹底決裂。

我們不打算一一列舉斯威夫特在這段時間幫助托利黨做了多少去口誅筆伐他人的事，但我們必須留意《給十月俱樂部成員的建議》(The Advice to the Members of the October Club)。這部作品被史考特評為是斯威夫特體現政治手腕的傑作：「該作是用於安撫反對黨的不滿，以及抑制他們的躁動。當時反對黨輕率地使用暴力，將快速地帶領自己的政黨走向自我毀滅。」斯威夫特寫的小冊《論盟友作為》(On the Conduct of the Allies) 與《防壁條約的成果》(Remarks on the Barrier Treaty) 的貢獻更有價值，成功讓內閣政府存續，也促使英國結束與法國的戰爭，儘管他們正是如日中天的時刻。

斯威夫特在這些專論中展現出的技能與判斷能力，讓他能向成見已深的國人發表自己的看法，卻不會傷及

他們的自尊，或是羞辱他們優良的判斷能力，而且讓他們讀完後能夠接受，著實值得敬佩。四個版本的《論盟友作為》於一週內售罄。這篇作品的重要性極高，國會針對戰爭議題辯論時，下議院的執政黨採用其中陳述的事實與推理，惠格黨深知其力透紙背，因此威脅要彈劾作者。最終該大作成功將戰爭渲染成不受人民歡迎之事，因此內閣得以與法國簽定和平條約。

此時此刻，斯威夫特的權力足以和國家裡的大人物相提並論，黨員將他視為天縱奇才，希望他能運用機智、推論、諷刺、智慧與辯論，繼續協助他們，並提供斯威夫特職位。由於斯威夫特鄙視金錢報酬，於是憤怒地回絕這些請求。但是他並沒有採取近乎傲慢的態度來要求回報，這麼做偶爾肯定會激怒那些地位和出身都遠高於他的人 7。

斯威夫特在政治圈服務時，會與博學多聞的人交流，使他有片刻的放鬆時間。爾後有個叫做「兄弟學會」的

俱樂部成立了，是由托利黨中最傑出的成員組成。斯威夫特給史黛拉的信中寫道：「他們似乎是趁我不在的時候，組成俱樂部，並且讓我成為其中一員。今天我們制訂了一些規則，我必須好好消化，下次開會時再拿來反駁。我們每週四開會，成員有十二人。本俱樂部的目標是增進對話能力與友誼，以及透過關心與薦舉來獎勵值得之人。」

事實上，斯威夫特打從心底支持這目標，並以自己的聲譽擔保，無論黨派，托利黨都會關心與資助有才華者，因此他的朋友總是說，他時常私下帶惠格黨之人與會。斯威夫特說：「我比任何人更加努力地推薦惠格黨學者，讓他們能受到大臣們的重用與善待。我讓斯提爾保有他原先的職位；我讓康格里夫受到善待與保護；我推薦羅武，讓他獲得高位；至於菲利浦，若不是他汲汲營營於黨派鬥爭，讓我撤回推薦，他肯定能爬上我提供的位置；我且安排合適的職務給愛迪森，讓他能在一定

程度上保有原先的職位。然而，我在惠格黨時，卻比任何人都更不受重用。」

除了上述政敵外，斯威夫特也運用自身的影響力，成功獲取柏克萊、波普、蓋、巴奈爾以及許多其他人物的青睞。斯威夫特之後給貝蒂‧傑拉明的信中寫道：「我在宮廷中叱吒風雲的幾年間，提供了兩個王國各超過五十名人才，沒有人是靠關係的。」但是當斯威夫特為其他人謀取利益時，自己卻沒有任何升遷。

曾有一段時間，他不屑於去爭取他認為應得的權利。不過他沒有放過任何機會暗示自己的不滿，而且語意十分淺白。他告訴別人，當他們稱呼他強納森時，斯威夫特猜測這些人會繼續讓他當強納森，就像當初找上自己的時候。事實上，不論是哈利或是聖約翰，都願意獎勵那些他們認定支持自己政策與政黨的人，然而斯威夫特所圖謀的升遷難如登天。斯威夫特想要坐上主教的位子，與女王平起平坐。當大臣發現赫爾弗德的職務高懸，便

向女王陛下推薦斯威夫特。不幸地，斯威夫特做了兩件事情，冒犯到了女王。

他先是寫了名聞遐邇的《桶物語》，之後又寫了尖酸刻薄的諷刺作品《溫莎預言》(*The Windsor Prophecy*)，抨擊女王的寵臣塞末賽特公爵夫人，迂迴地指控對方隱匿丈夫錫恩先生之死，更甚者，還批評她有一頭紅髮。公爵夫人怒不可遏，要約克大主教替她請求謁見女王，不過大主教以教會與宗教名義回絕，並說道：「女王陛下很確定，她要任命為主教之人，是一名貨真價實的基督徒。」主教還引用《桶物語》中最令人反感的幾段文字作為驗證。

公爵夫人後來親自下跪於女王跟前，並將這篇惡名昭彰的諷刺文章上呈給女王，然後一邊痛哭流涕，一邊懇求不要任命這位毀謗她之人。不論是出於禮節，或是對寵臣的愛護，安妮女王都反對任用斯威夫特。儘管內閣一致支持斯威夫特[8]，女王仍是拒絕任命。

此刻斯威夫特的權力足以和國家裡的大人物平起平坐

值得一提的是，斯威夫特樂於以非常不同的觀點來看待《桶物語》，將其視為信仰上的鼓舞或是自己的前景。他在日記中寫道：「或許他人會說我根本就不懂，然而若不是因為這些事情，我永遠不可能得到現在所有的成就。如果這能幫我功成名就，那對教會來說也算是堪用。」

　　不久後，斯威夫特得知自己的升遷已是大勢底定，當時有三個宗教職缺空懸，卻沒有人提名他。他開門見山地告訴大臣，自己想退居愛爾蘭。在哈利的主導下，斯特恩博士從愛爾蘭的聖派翠克院長，晉升為德羅莫爾主教，而原先的職務由斯威夫特接下。一七一三年二月二十三日簽屬授權，同年六月，斯威夫特大失所望地離去，認為這樣的安排沒有比光榮的流放好上多少，六月十三日斯威夫特進駐修道院。他在那裡受到的待遇欠佳[9]。高端派教會的托利黨員不被非國教徒所接受，議院惠格黨員或是教會人士也不接納他們。這些人無法忍受斯

威夫特受到愛爾蘭教會授予的利益，嫉妒他能直接爬到他們之上。

斯威夫特談論到這些人時說道：「我赦免他們，不必上繳第一次收成，也赦免他們其他事務，他們卻不知感恩。」棲身都柏林兩周後，斯威夫特輕蔑他人，不願隨波逐流，導致隔閡加深，讓他身心俱疲，於是他在愛爾蘭拉拉科的柳樹之地休養。

真是造化弄人，斯威夫特身處政治風暴、黨派鬥爭、唇槍舌劍之中，這麼過了三年的日子。斯威夫特的文筆犀利，每次的批判都是最為嚴厲的，因此成了他們之中最強而有力的勇士。斯威夫特批判所有人，即使是最偉大的顧問、最聰明的同伴、畏懼他或擁護他之人都無一倖免。他來到一個沒沒無聞、地處偏僻且單調的鄉村牧師住家，帶著高傲的心情，痛苦地沉思自己受到的委屈，他意識到自己的力量被濫用，換得的報酬卻非常少。盛怒之下，斯威夫特寫道：「我現在位於愛爾蘭的一間屋

子進行寫作。我打算在這裡度過大部份待在愛爾蘭的時間。除非有人派我外出，否則我絕對不會離開愛爾蘭。如果他們不再需要我的服務，我就永遠不再回去英格蘭。」然而他注定很快就會再見到英格蘭。

斯威夫特還在英格蘭時，他的能力尚能夠安撫牛津與柏林伯克之間的紛爭，然而在他待在愛爾蘭時，情勢變得愈來愈緊張。他每天都收到信，催他趕緊回去倫敦，最後他禁不起這些懇求，於八月二十七日拋下退隱生活，出發回去英格蘭。斯威夫特的調解當下便奏效，卻讓他再次陷入政治圈與文學圈的干戈中。斯威夫特居中替伯內特與斯提爾調解，至於斯提爾的危機，他寫了一部舉世聞名的小冊《惠格黨的公眾精神》(*The Public Spirit of the Whigs*) 來為其解答。斯威夫特在《惠格黨的公眾精神》中，以冒犯性的言論談及整個蘇格蘭，上議院甚至頒布公告，懸賞三百英鎊來找出作者是誰。不過後來斯威夫特受到內閣永的青睞，因此免於懲罰。

實際上，就是斯威夫特的影響力將愛爾蘭事務導向正軌，當時普遍相信他很快就會問鼎英格蘭主教的大位。他的政敵諾丁漢領主說：「其他人鮮少認為這位神職人員是真正的基督徒，而他卻能當主教，還做得有模有樣，一想到他就令我顫抖。或許有一天，他會授與執照給那些受託去教育年輕人的人士吧！」斯威夫特專心處理這些事務時，仍可找到時間與波普、蓋、阿巴諾斯特、牛津，以及柏林伯克一同成立大名鼎鼎的寫作俱樂部，該俱樂部會向世人發表文章，而讀過的人都對他們的機智、光彩、諷刺與學術感到佩服與崇敬。

　　最終牛津與柏林伯克之間的歧見變得過於嚴重，即便是斯威夫特也無力回天。為此斯威夫特絞盡腦汁，提出無數論點，最後引退於伯克郡的友人家中。這段時間他過著與世隔絕的日子，並且著手寫作《公眾事務現況漫談》(*Free Thoughts on the State of Public Affairs*)。牛津失勢許久之前，柏林伯克的爵位仍步步高升，瑪莎夫人

與柏林伯克提供斯威夫特最為誘人的酬勞，希望他能復出，藉此保住他們的權位。瑪莎夫人寫道：「你經歷了這麼多，承受的痛苦比別人多，還給予了許多明智的建言，難道你真的要離我們而去，前往愛爾蘭嗎？這是不可能的。你依舊心地善良，依然會同情我這個被人如此野蠻地對待的可憐女士，並伸出援手，你的心會讓你就這麼離開的。」柏林伯克則願意居中協調他與索姆賽特公爵夫人之間的恩怨，並且幫他找個女王身邊的職務。

斯威夫特自始至終都忠心耿耿地熱愛牛津，然而牛津現在卻失勢，遭到放逐，正準備將悲傷深埋在赫里福德郡的家中。他簡短地寫信邀請斯威夫特加入。衡量過後，斯威夫特拋下個人對於升遷的考量，趁著強大政敵得以染指之前，趕至失勢的朋友身邊。當人們談論斯威夫特政治立場搖擺不定時，請記住這是出於自我犧牲的崇高行為。

三天後，安妮女王辭世，瓦解了托利黨的宏圖。

柏林伯克喊道：「這是怎麼回事，難道上天不再眷顧我們？」斯威夫特想要團結友人，把他們從水深火熱之中拯救出來。阿巴斯諾特寫道：「斯威夫特依舊具備崇高的心，即使被擊倒，還是能見到他嚴肅的面孔，準備向對手出擊。」可惜斯威夫特的努力全都付諸流水，牛津與其他人遭到囚禁，柏林伯克與奧爾蒙遠走他鄉，這兩件事都造成政黨的分裂。斯威夫特很快就發現這些失勢者要面對何種難關。高端派教會的想法不再受到青睞，身為高端派教士就是僭王的盟友，以及喬治王的敵人。斯威夫特不論到哪，都會遭人詆毀、誹謗、羞辱，無法免於暴民的攻擊或者貴族的殘忍對待。

雖然有些貴族曾以自己能讓斯威夫特為自己工作為傲，並且在朋友之間佔盡鋒頭，現在卻避之唯恐不及，棄斯威夫特如敝屣。不過斯威夫特仍與聰明絕頂又博學多聞之人為伍，像是德拉尼、謝里丹、赫爾沙姆與格拉坦這些志趣相投的學者，藉此盡可能地安撫自己。

斯威夫特原先似乎有意在拉拉科退隱，但年久失修的房舍和喜好爭訟的街坊鄰居，使他下定決心留在統轄的教區。斯威夫特決心要過上純樸的生活，就像早年因為需求養成習慣勤儉過活一樣。給波普的一封信中寫道：「你得了解我住在一棟很大，但未經整修的房屋中的一角，家中成員為管家、馬夫、服務生、搬運工與一名老女傭，他們的薪資十分豐厚。當我沒外出用餐或進行娛樂活動(不過本來就沒什麼機會)時，就會吃羊肉派，喝半品脫的酒。我的娛樂活動就是保衛自己的小領地，抵禦大主教的入侵，以及減少我那心思叛逆的唱詩班。」

　　然而更大的危機正在步步進逼，比暴民或叛逆唱詩班的所作所為更加危險，且將會使他自己與另外兩人的人生陷入低潮，還會使他的聲譽留下汙點，將使人們不再重視他的善舉。即使時間過去，這個汙點也無法消弭。

　　我們得先介紹之前提到卻一直耽擱沒講的背景。時值斯威夫特成為倫敦政治圈的中堅人物(可能是一七

○○年），當時他結識一名住在附近一條街上的女士——荷蘭商人范霍姆萊的遺孀。她家裡有兩位兒子與兩位女兒，最年長的伊瑟後來以凡妮莎之名以及其哀戚的故事一同流傳後世。伊瑟年輕、快樂、聰明絕頂、多才多藝，富有魅力，加上家中富有，也具備一定社會地位，因此不乏追求者。就像史黛拉一樣，凡妮莎讓斯威夫特擔任她的導師與教師。

斯威夫特受這位學生的魅力所吸引，於是盡心盡力地教導她，並使她認為彼此已從友人變成戀人，並希望他最終能成為自己的丈夫。此後斯威夫特陷入三角關係，他對其中一人的感情不是認真的，又或許兩邊都不是。斯威夫特努力在兩人面前現身，然而對兩人皆不老實。凡妮莎的友人與追求者要求斯威夫特道歉，並且約束自己的所作所為。

斯威夫特的政敵刻意將斯威夫特刻劃成這種形象。儘管沒有人要求我們接受此說法，我們卻也無法平息近

伊瑟‧強森

乎憤慨的反感與悲傷情緒，我們認為他那可恥又無情的行徑最終將導致致命的後果。就算我們不將斯威夫特視作情場浪子，仍會認為他被視為不名譽、自私自利、粗心大意之人根本是咎由自取。

　　斯威夫特寫給這兩位小姐的書信都被保存了下來，有些寫給凡妮莎的信也已經出版。從這些信件中，我們能總結他對史黛拉的愛更強烈、更深情，並以更毫無保留與熱情的文筆來表達；寫給凡妮莎的信則比較保守與

曖昧。這或許能多少解釋成斯威夫特以兩人之間熱烈卻禁忌的關係，讓她坦然面對自己的情感，並且尋求百分之百的回報。華特·史考特認為斯威夫特至少曾更加喜愛較為年輕與多才多藝的凡妮莎，不過這項論點可能也飽受質疑。只要從他那些已經出版的信件來看，就淺白的文字當中，能發現他對凡妮莎只是抱持柏拉圖式純粹的愛情，至於寫給史黛拉的信卻蘊含滿滿的情感，與史黛拉之間的關係密不可分。然而命運把這兩個無意中的對手拉到近乎咫尺的距離，讓斯威夫特更加侷促不安。

　　一七一四年時，凡妮莎的母親與弟弟們相繼去世，於是她跟著妹妹搬到都柏林，在塞爾布里奇村附近十英里處附近買了一間小房屋。斯威夫特曾試圖拖延，然而他鮮少拜訪凡妮莎，即使有也不是光明正大地前往，這引起凡妮莎的憤怒，我們能從凡妮莎的怒斥中看出她對斯威夫特的不滿。當時史黛拉正住在奧爾蒙，而凡妮莎長久以來對史黛拉的質疑終於爆發，悲傷與嫉妒開始侵

蝕她脆弱的心靈。

事情於一七一六年發生，斯威夫特與史黛拉私下成婚，根據推測，是在院長的花園舉辦的，沒有任何賓客出席，只有上天、艾許博士以及克羅赫主教見證。這件事是否屬實仍有待考證，恐怕永遠都是未解的謎團。曾有人提出強力的論點，可以證實此事，不過反對方也有強力論點，而我們也沒有能介入辯論的餘地。史考特遵循奧瑞里領主、德拉尼博士與謝里丹等人的權威論述，維持肯定的立場。史考特說，不論懷特威夫人，或是斯威夫特的密友，都沒有否認。而麥森先生費盡千辛萬苦地辯駁萊恩斯博士與丁格理夫人的證詞，認為他們錯了。

威廉·懷爾德是研究這項議題的作家中最為近期的，他認同前者的意見，而我們也樂於接受他的論點[10]。事實上，即使政黨成員最親密的友人出面，他倆間的關係仍未變。其中沒有任何機密，即使真的有，也從未揭露。

不過有一件事情可以肯定，那就是當時斯威夫特心

中的壓力非常大，十分抑鬱寡歡與躁動不安，因此好友德拉尼博士前往謁見大主教國王，向他說明這件事情。斯威夫特到達圖書館時滿臉愁容，不發一語就衝了進去。斯威夫特淚流滿面地找上大主教，並對他說道：「你遇上世上最不幸福的人了，不過你不能問任何關於他為何如此不幸的問題。」

　　斯威夫特最愛的兩人遇上的不幸讓他發現她們所承受的痛楚不亞於自己，兩人都知道自己有了情敵。凡妮莎拒絕條件優渥的求婚後，帶著傷痛將自己藏於塞爾布里奇住家附近的瑪麗修道院的庇護所，到一七二〇年前，除了偶爾拜訪都柏林外，她從沒主動見過斯威夫特。從那年開始到她死亡之前，斯威夫特時常前往瑪麗修道院拜訪她。隨著妹妹的死，凡妮莎只能隻身一人在世上過活，不過家產還算夠用。一七二三年，凡妮莎下定決心要結束這段無法忍受的懸念，於是寫信讓情敵知道她與斯威夫特之間的實況。史黛拉勃然大怒，告知對方自己

才是對方所愛之人的妻子，之後將凡妮莎的信寄給斯威夫特，搬離都柏林。讓我們看看史考特如何描寫這可怕的後果。

「斯威夫特身處這種突發的盛怒之中，在火氣與疾病的促使下，他立刻騎馬前往瑪麗修道院。當他進入屋內時，為了表現得更加兇惡，他作出嚴肅的表情，因而嚇到可憐的凡妮莎，使她差點不敢開口請他坐下。斯威夫特將一封信扔在桌上作為回應，隨即騎上馬趕回都柏林。當凡妮莎打開信封時，發現裡面只有她自己寫給史黛拉的信。這成了壓垮駱駝的最後一根稻草，凡妮莎立刻陷入失望，自己殷切的盼望一延再延，已經使她長久以來受盡折磨，如今她還得活在曾經愛過之人的盛怒之下，她的精神大受打擊。」

這件事確實促成了她的死亡。幾週後，凡妮莎身心俱疲，心中夾雜著煩亂、希望、恐懼，最後帶著溫柔與憤怒入土。當遊客在美麗的利菲河流域漫步時，仍能看

見四周種植月桂樹的涼亭俯視著風光明媚的流水，從長長的河堤向下奔騰，涼亭內還有樸實的座椅。據傳，飽受病苦的伊瑟・范霍姆萊時常坐在誤她一生的始作俑者身邊。

讓我們仔細地追溯凡妮莎情敵的一生，不過我們的論述中有些僅出於推斷。斯威夫特在愛爾蘭南方退隱，過著兩個月與世隔絕的時光，沒有人知道他躲在何處，沉浸於痛苦與懊悔之中，為自己犯下無可挽回的罪孽贖罪。當他返回都柏林時，史黛拉的愛勝過內心的不悅，兩人間的互動也重歸以往的情調。

如果兩人真的有結婚，那這段婚姻不被承認的原因至今仍未有令人滿意的解答。不論是在都柏林或是基爾卡，兩人的伴侶關係同樣不變，兩人會面時也同樣小心翼翼地提防第三者出現。若兩人成婚，那斯威夫特的所作所為就不合理，但是如果沒有結婚也是疑點重重，因為斯威夫特的作為與注意力都圍繞在她身上，想要取悅

她。斯威夫特自己談論與史黛拉的關係時，表面上說兩人只是朋友，但私下卻是不斷獻殷勤。史黛拉對自己地位的擔憂與焦慮，導致她脆弱的內心慢慢地崩潰。

　　一七二六年，當斯威夫特得到資訊，得知她已如風中殘燭時，便趕至英格蘭拜訪她。一封寫給謝里丹的信透漏斯威夫特內心的痛苦。「當我在寫這封信時，我推斷世上最美的靈魂已經脫離她的肉體了。我已經厭倦這世界很久了，我的來日不多了，失去與她談話的機會，讓我生活更加難耐，現在我已厭倦此生。」

　　不過這時斯威夫特的恐懼尚未實現，史黛拉的病情好轉了一陣子，然而隔年秋天，斯威夫特回到倫敦時，死神向史黛拉伸出魔掌，於是他在十月返回愛爾蘭時，發現史黛拉已經在鬼門關前徘徊。兩人最後是待在院長室裡，史黛拉費盡千辛萬苦才得以說出話來，身體十分虛弱，無法坐起身子，只能躺在床上。斯威夫特坐在她身邊，握住她的手，表達出自己的溫柔與愛。善解人意

的懷特威夫人退到隔壁房間，將兩房之間的門半開，兩人則低聲交談。史黛拉危在旦夕，她無疑是在真心誠意地懇求，而斯威夫特最終的回覆清晰可見：「好的，我親愛的，只要是妳所希冀的，我就會實現。」史黛拉嘆了一聲，接著說道：「已經為時已晚。」當女人做出如此可憐又痛苦的請求，任誰都能感同身受，禁不起而坦承內心真實的想法。對我們來說，在如此莊嚴的情境下，史黛拉殘生將盡，兩人坦承彼此為夫妻，像是在教堂門前宣示一般地無可質疑。史黛拉離死亡不遠，出於天性的恐懼，斯威夫特不忍親眼看到愛妻亡故，因此離開了現場。一七二七年或一七二八年的一月二十八日，史黛拉「結束疲倦的朝聖之旅，前往兩人未結婚，也沒有婚姻關係的地方。」

　　讀者看到此，可能會感到於心不忍。那個冬天的夜晚，喪妻的可憐男子在三更半夜時靜靜地坐在房內，內心悵然。男人思念著亡妻，帶著哀傷卻平靜的心情為她

寫作，這比強烈的悲哀更加可憐。斯威夫特栩栩如生地描述史黛拉的形象，讓世人讀完後為之吸引。斯威夫特寫到自己從對方六歲時就已經相識，也描寫了對方身心靈的魅力、比烏鴉還黑的烏髮，完美的五官，她的才華透過對話而有所增進，還描寫了她的想法、自尊、優雅、平易近人、聰明才智、以及她是如何受到僕人的熱愛與崇敬。斯威夫特在內外交迫的漫長黑暗時刻繼續書寫，最後有段文字顯示出他的精神已經崩潰：「一月二十九日，我的頭在痛，無法繼續寫下去了。」

沒人知道他是如何度過那可怕的幾天時間，之後他繼續寫道：「一月三十日，星期二。今晚舉行葬禮，不過我身體不適，不克參加。現在已經晚上九點，我要去其他房間，這樣才看不見教堂內的燈光，如果繼續待在原本的房間，從窗戶就能看見對面的教堂。」當其他人在火光下埋葬史黛拉時，斯威夫特仍在傷心地寫作，沉浸在兩人白頭到老，活在美德與成就的想像之中。伊瑟·

可憐男子在三更半夜時，靜靜地坐在房內，內心悵然

斯威夫特送給史黛拉的鶴嘴鋤

強森美若天仙，只要看到她的肖像，任誰都會贊同 [11]。斯威夫特用盡所有能愛上一個人的心力與溫柔來對待她，這點無庸置疑。他沉浸在哀傷與懊悔之苦，讓內心在往後的日子更加荒蕪（就算他身邊時常傳來讚賞，而他的聲音與文筆也成為制衡與困擾政府的手段），即便這能獲得我們的同情，我們仍無法替他的過錯辯解 [12]。

讓我們回到原本的主題。自從斯威夫特被任命為院長，他就已經把工作義務拋到九霄雲外，努力埋首於研究之中，從當時最上流的學者之位退下，其中包含愛迪

森、提克爾、謝里丹與德拉尼。不過斯威夫特的聲音很快就被聽見，像是喇叭般響亮地傳遍整個國度，激起人民反抗不公不義的法律，而那些法律正在摧毀愛爾蘭的羊毛業。

一七二〇年，斯威夫特膽大包天地出版《給愛爾蘭製造業永續發展的建議：徹底抵制所有來自英格蘭的紡織品》(*A Proposal for the Universal Use of Irish Manufacturers, utterly rejecting everything wearable from England*)。愛爾蘭政府傾全力對付斯威夫特。內容提及首席法官維楚德被脅迫的那一段短論，被認定為毀謗，連帶印刷商遭到起訴，而陪審團下達了一項特別的判決，不過後來撤訴，讓這位愛國者獲得勝利。

我們跳過其他斯威夫特小心翼翼地保管的短論（那些都是為了故土利益所寫的，之後讓他大受歡迎），來談論讓斯威夫特獲得榮耀並且聲名遠播的《布商之信》(*Drapier's Letter*)。一七二三年，國王恩准威廉・伍德在

愛爾蘭鑄造半便士與一分錢幣的專利，總金額高達十萬八千英鎊。當地缺乏銅錢，毫無疑問讓這項法案具正當性，然而這法案實是透過肯德爾公爵夫人的影響力，規避愛爾蘭國會必要的法律，以腐敗的手段才得以成立。

斯威夫特公允地看待這件事，將之視為摧毀愛爾蘭王國獨立性的舉動，並且下定決心要全力以尖酸刻薄的文筆，來揭穿這樁陰謀詭計。於是，一七二四年，這些舉世聞名信件中的第一封問世。斯威夫特擱置了主要的目標，也就是爭論國王是否有權可以不經過愛爾蘭立法機構審核授予這項專利，而巧妙地激起輿論，像是宣稱這種貨幣沒有價值，十二便士事實上只值一分錢 [13]，以及揮灑尖酸的文筆來抨擊伍德，影射伍德是運用了腐敗的影響力才獲得專利。

斯威夫特針對這項議題寫了三封信。他說：「就讓伍德與他的狐群狗黨帶著裝滿器具的貨車，遊歷整個國度，看看誰會來搶。不用擔心他會被搶，因為這種錢連

搶匪都不敢摸。」

這話激起整個國家的怒火，不論是各黨各派的政客，或是各階級的人民，從出身最高貴的貴族道最低賤的報紙攤販，都不願意觸摸禁忌的貨幣。大裁判官與商貿公司通過公眾決議案，拒絕接受這種貨幣，人民焚燒作惡多端的伍德的肖像畫。之後人民透過信件、佈道、諷刺、嘲諷與街道歌謠，讓伍德身敗名裂。後來斯威夫特丟下偽裝，在第四封信中探討皇室特權，挑戰國王無視愛爾蘭議會施加於愛爾蘭獨立王國上的協議。斯威夫特說：「補救方式掌握在你們自己手中，我先前稍微岔開話題，好讓你們能提振精神，並保持那份在你們之中適時崛起的精神，關心國家與你們的家園，你們將要像英格蘭的同胞一樣，以自由之民的身分搏鬥。」

斯威夫特的用字過於大膽，政府忍無可忍，甚至懸賞三百英鎊追查作者身分[14]。印刷業者哈汀鋃鐺入獄，並且遭到大裁判官的起訴。不過違憲的首席法官維楚德

的威脅起不了作用，因此起訴遭到無視。為了挽救情勢，大裁判官接下來將伍德的陰謀說成是舞弊，並且當眾進行處置，從此以後，伍德與他的貨幣永遠消失。

這時斯威夫特的支持度來到最高點，他受人民奉為無所畏懼的愛國者，國家的解放者，這位寫信的「布商」頭上戴滿勳章，肖像隨處可見，像是在簽名板上、口袋裡的手帕上以及印刷店裡。「布商俱樂部」以歌曲表達出對斯威夫特的讚嘆，不論他到哪裡都被簇擁著。而在幾年之前，人們還害怕被羞辱或是欺負，因此鮮少敢與他一同騎馬。

斯威夫特退居基爾卡時，寄居在好友德拉尼的住處，並且耗費多年完成了諷刺冒險故事傑作《格列佛遊記》系列。一七二六年，第一冊《小人國遊記》問世，儘管他小心翼翼地不去洩漏作者身分，仍是被所有讀者認出。強森博士說：「這篇作品真是新奇又怪異，讓讀者寄身於充滿複雜的歡樂與驚嘆的情境之中。無論出身高低，

無論是博學多聞還是目不識丁，任何人都會閱讀這篇作品。」我們在其他地方也曾提出關於這部特別作品的批判意見，並努力解釋它所影射的政治、歷史與人物。我們並沒有因此畏縮，不去表達意見，不論好壞。當本作問世時，作品充滿驚奇，讓批評銷聲匿跡，只剩讚嘆之語。作者聲名遠播，不再侷限於不列顛。而在伏爾泰的建議下，本著作被翻譯成法文。

斯威夫特最後一次造訪英格蘭時，儘管讓他重新與許多卓越友人建立交流，卻沒為他帶來任何政治優勢。喬治一世駕崩後，瓦波爾接手內閣。但斯威夫特與瓦波爾的交流並不愉快，因此他之後便返回愛爾蘭，再也沒有離開過。不久之後，史黛拉辭世，讓斯威夫特感到孤寂、沮喪、健康孱弱。他現在能做的事情不多，只能揮灑自身的才智，或者激發自己的熱忱與熱切的本性。從此之後，我們所看見的斯威夫特是個與世隔絕、易受激怒、懊悔自責的人物，圍繞在他身邊的憂鬱無時無刻都

在加深。毫無疑問地，歡樂所散發出的光芒，與過往的閃耀偶爾會射穿他心中的陰霾，照亮他行將就木的道路。他的「三五好友」仍伴隨在身邊，卻無法填滿他內心的空虛，而且常常受他暴躁又變化無常的脾氣與尖酸刻薄所波及。

讓我們加緊腳步進入尾聲。我們並非刻意去注意他在理智尚存的剩餘時日裡所寫的各種文學作品（不論是散文或是詩歌），在他帶給世界的這些作品中，許多作品都展現他才高八斗的原始活力。其中最優秀的是他著名的狂想曲〈詩〉(*On Poetry*)。它以一針見血、無所畏懼、激昂的諷刺聞名，至今無人能出其右。不論是國王、皇后、還是皇室成員都無法躲過斯威夫特的諷刺，而有了金恩博士的權威背書，我們得以相信這些都是為了他們好。

最後是愛爾蘭的利益，像是政治、商業、農業方面，斯威夫特鍥而不捨且忠實地關注著，他讓人民得以意識

到自己的錯誤以及政府頒布壓迫性禁令的錯誤政策。為了更長遠的目標，斯威夫特出版了大量的短論，深受歡迎，卻也遭愛爾蘭政府的深深憎恨。總督卡特萊特領主以自身的才智、率真的妙語如珠來批判斯威夫特[15]，他所運用的技巧與語調都十分有趣。兩人明瞭彼此，並高談闊論，設法熱烈地給予對方重擊，不過到最後兩人互相尊敬。最終斯威夫特喊道：「老天啊，你在這裡做什麼？滾回你的家鄉，把你們那裡更多的蠢蛋送過來。」

讓我們將焦點從他的文人身分轉移到教士身分。身為愛爾蘭教會的顯要人士，斯威夫特有不少值得我們表揚之處。事實上，他的舉止或是與人們的交流，不全然像是一名教士，然而他真心鄙視虛情假意的這點以及他古怪的脾氣，讓他的外在形象比實際上更糟。斯威夫特無意向外界展現出自己的真實面，不過實際上，他也不需要刻意有所保留，不向世人顯露。理性尚存時，他十分規律、堅定且具備熱忱[16]，從未忽視過家庭的宗教禮

我是您順服、卑微、低下又寂寞的斯威夫特

拜。為了同行年輕成員好，他甚至到了狂熱的地步，徹底運用自身的影響力，為具備美德與學識的成員提供晉升管道。斯威夫特身為聖派翠克修道院院長，小心翼翼又無微不至地維護工作上的權利與權益，維持教會的收益，提倡社會福利，甚至不惜犧牲自身利益。他原先可以像後輩一樣，合情合理地靠著教會的支出，來增加自己的財產。斯威夫特也是一名虔誠、堅毅不拔、毫不妥協的教士，大力抨擊自認為不適任的主教與所有非國教徒，將他們一視同仁。

斯威夫特在一篇抨擊非國教徒的諷刺文章中，尖酸刻薄地對待高階律師彼得沃斯 [17]。兩人積怨已久，彼得沃斯盛怒之下，威脅要割下斯威夫特的雙耳，或許他會真的說到做到。許多「自由之民」簽署宣言，聲明他們熱愛並敬重斯威夫特，然而國家虧欠他許多，因此他們會拚命守護斯威夫特對特定人士以及那些人手下的暴徒與殺人犯的批判。斯威夫特最後參與的公眾事務，是在批判首席主教波爾其特企圖減低金幣價格的陰謀。斯威夫特頑地靠著言論、詩歌與諷刺，迫使此人雇用軍事護衛來保護手下與住家。

創作文學佔據他大部分的閒暇時間。諸多作品中，有栩栩如生地表現機智對談的《優雅巧妙的談話全集》(*Polite Conversation*)，有呈現出尖酸與幽默的《給僕人的指示》(*Polite Conversation*)，也有充滿冷嘲熱諷的《軍團俱樂部》(*The Legion's Club*)。當他寫作《軍團俱樂部》時，頭暈目眩的病症已出現，並且嚴重失聰。他的病情

過於惡化，再也無法恢復。

現在我們將要探討斯威夫特多采多姿人生的桑榆晚景。晚年嚴重的病症使他早年的光彩黯然失色，隨著歲數的增加，病症的陰影也變得愈來愈濃，愈來愈接近他，開始深植在他剩餘的日子，使之蒙塵。斯威夫特承受失聰、癡呆、無助 [18] 以及孤獨所苦，加上蓋、阿巴斯諾特以及其他親近的友人相繼過世，尚存者對他幾乎與死無異。斯威夫特變得暴躁易怒、悲慘、黯淡，有時甚至變得兇暴。他擔憂可怕的死亡即將到來，因為他先前未曾設想過，因而失去理性。許多年前他曾看到榆樹頂枯萎，於是告訴一名友人：「我會像那棵樹一樣，從頂端開始衰亡。」

我們將要談論那漫長、黑暗又可怕的夜晚。就讓我們心平氣和，抱持恭敬的心來揭開那個夜晚。一七四〇年七月二十六日，斯威夫特早已飽受悲慘、失聰、痛苦的摧殘，斯威夫特寫給溫柔又多才多藝的陪伴者懷特威

夫人：「我確定來日不多了，一定剩沒多久，而且很悲慘。」日子確實不好過，而哀傷也不少。在斯威夫特剩餘漫長的五年中，他的理智遭到傾覆 [19]，身體的折磨有時使他陷入狂亂，不過偶爾能保持理智，但理智時間卻很少 [20]。

最終他被消磨殆盡，再也無法承受這般痛苦，於一七四五年十月十九日過世。斯威夫特享壽七十八歲，離開時沒有一絲痛苦，沒有半點抽蓄。史考特說：「就在那時，愛爾蘭人完整展現出對國家的熱愛。隨著偉大的愛國者與世長辭，這段晚年歲月被人們遺忘。人們替他哭泣哀悼，彷彿他在官場生涯如日中天時遭到辭退。不分貴賤老幼都圍繞著他的住家，以悲傷與愛向他致上最後的敬意。謝里丹殷切請求能獲得一束斯威夫特的頭髮，他之後開心地在熱情的柏林人面前朗誦莎士比亞的句子：

啊，乞求能拿到他一根頭髮作紀念，

在他們的遺囑裡拚死拚活提到它，

當作無價遺產傳承下去，

成為傳家寶。

　　偉大的聖派翠克修道院院長被低調地埋葬在修道院的正廳，沒有舉辦任何典禮。這完全出自他本人的意願，不過全國上下對此深感不滿。斯威夫特被埋在深愛的史黛拉的墓旁，即使是憤恨不平的人民也無法再撼動這項安排，不過他們仍宣稱斯威夫特向來為自由而戰，反抗壓迫 21。

　　威廉・王爾德在他詳盡且證據充分的回憶錄 22 中，探討斯威夫特是否真的喪失心智。他以一針見血又追根究底的方式，透過醫學與法學的觀點，輔以頭顱的驗屍報告（頭顱於一八三五年發現），探討此事。王爾德說：「病因是過勞，我們大膽推測這是腦充血的症狀，以幾

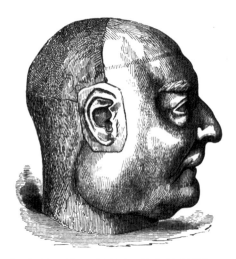

斯夫特頭像，於他過世之後繪製

斯威夫特顱骨內的石膏像

位病理學家的用詞就是癲癇性暈眩。埃斯吉爾羅就將之形容是眾所皆知的疾病，許多聰明人都會罹患此病。斯威夫特痛苦的晚年生活，從七十六歲到七十八歲這幾年

間，這種疾病是導致他衰老失智的重要原因。現有的資源讓我們很難以任何精確的醫療用語來定義斯威夫特的實際狀況。」

在我們結束這簡短的回憶錄前，先簡單敘述身為政治家、愛國者、文人的斯威夫特。以他身為政治家來說，我們認為他對當代政治觀察入微，具備遠見，精準知道政治的缺陷，或許當代沒有任何人得以指控他在政治立場搖擺不定。但史丹霍普領主對他的嚴厲批判，也確實有不少屬實的成分：「我們發現他在威廉·坦普爾閣下的名下以惠格黨員的身分獲取勢力，以惠格黨員的身分受到索姆斯領主保護，在作品中不斷誇耀自己是惠格黨員，之後卻變得毫無原則，在公眾領域上大肆批判朋友，完全只因自己遭指控怠忽職守。他趁著托利黨領導者即將入主之際，轉換陣營，投靠對方。顯然他背棄原先陣營的最佳理由，就是他認為惠格黨已陷入危機[23]。」

有些敘述雖然無法完全抹消斯威夫特的罪狀，但仍

是可替他稍作緩頰。如果他對惠格黨不忠，那也是惠格黨先背棄自身，對斯威夫特不公，不知感恩。他們利用了他的能力，卻沒給予他應得的賞賜。他做為教士的觀點更加符合托利黨的理念，且他一直都是教會真誠的孩子與忠誠的僕人 [24]。

讓我們帶著純粹的喜悅，將焦點轉向我們對這位愛爾蘭的愛國者的點評。斯威夫特睿智、無畏，只要他看到了，就有勇氣做到。即使遭人質疑，仍是受到信賴；遭人嫉妒，仍是受到愛戴；遭遇政敵，人們依舊服從他。他的智慧十分務實，具預言性質，能彌補現在，警示未來。他教育愛爾蘭人去避免產生暴君。他身為一名教士，長袍限縮了他的步伐，讓他得朝某個方向努力。不論是指導議員或是率領軍隊，斯威夫特比克倫威爾更加在行，而他在愛爾蘭的地位並不亞於他在英格蘭的地位。斯威夫特靠著勇氣保護愛爾蘭，靠著權威改善它的情況，靠著才華點綴它的形象，靠著名聲提升它的地位。斯威夫

特的任期只有十年，然而單這十年就讓他以自身力量減緩了政府的暴政，即使人們不再受到上位者的恐懼，他也不會被學者遺忘。他的影響力正如同他的作品一樣，持續了長達一個世紀，不論我們之後在何種基礎上，豎立起繁榮的生活，都是建立在斯威夫特公正不阿與寬宏大量的愛國情操之上 [25]。

這段期間裡，他翻修了愛爾蘭的住所，真心誠意地將自己奉獻給愛爾蘭的利益，他的影響力無遠弗屆，人氣之高可謂史無前例。即使他身負政治罪孽、脾氣不好、行為專橫跋扈、想法異想天開，這些事仍被大眾所遺忘，人們只記得對他的感謝與敬愛，直到今天人們仍記得他的貢獻、能力與才華，而不是失敗與過錯。

斯威夫特身為一位文人，享有崇高的地位。能證實這件事的證據很多，有時人們慷慨地提供，有時是心不甘情不願地交出。身為諷刺作家與學者，他的才能出眾。他揮舞著如雷電般的筆，使他筆下的角色束手無策，只

能任憑其摧殘，就連尤尼屋斯也相形失色。「這文筆還真是力透紙背！他的描述還真是五花八門，他的譴責還真是無堅不摧！他的抨擊還真是強而有力，即使是無關緊要的或是次要的議題，他仍一下就抓住要點，並全力抨擊他的對手[26]！」

斯威夫特也是一位別出心裁的作家，其他作家或多或少都會從別的作家身上汲取靈感，不論是採用他人的想法，或是模仿他人的文筆。大部分作家都比斯威夫特更加汲汲營營於名聲，不過斯威夫特完全為了名聲以外的目的寫作，只要目的達成，他鮮少去管用上了何種手段。就像是技師喜歡特定的精緻工具，只為實踐他的發想，事成之後則丟置一旁；斯威夫特寫完最優秀的作品後，通常是匿名交稿，讓大眾決定這些作品的最終命運，如果有幸得以出版，斯威夫特仍鄙視能因此獲得任何的金錢利益。

斯威夫特寫過無數詩歌作品，而我們傾向於同意德

萊頓，將他視為詩人，並同意強森博士給予的公正讚賞。雖然他刻意使用韻律或押韻，但仍大獲成功。他從未試圖達到更加高深的境界，從未將目標設為成為至高無上者，也從未以可憐之人作為題材。他最適合寫作諷刺、警句，還能寫出尖酸刻薄、機智幽默的詩句，就像是寫作文章一樣。

斯威夫特本人十分高大、強壯、且健壯。年輕時非常英俊，膚色較黑，長著一雙藍色的眼睛，眼神非常敏銳，還長著粗黑的眉毛與一個鷹勾鼻。隨著年齡增長，斯威夫特的神情變得嚴肅、傲慢與嚴厲，雖然他有時將其隱藏在歡樂的情緒下，但他更常將這樣的情緒深化為能夠驚世駭俗的事物。他的談吐充滿機智、聰明與幽默的魅力，有時非常活潑、精彩與歡樂，有時極度無理、暴躁，甚至是尖酸刻薄。談到妙語如珠，斯威夫特的速度可謂無人能及，他能從多彩多姿又源源不絕的記憶中，講出無數的奇聞軼事與資訊。

讓我們補充說明，儘管斯威夫特的生活非常拮据，幾乎到家徒四壁的地步，他卻不曾起過貪念。當他在家中緊縮開銷，質疑自我時，卻同時非常好心，用盡方式幫助他人，不只是幫助個人，也幫助整個體系。斯威夫特就是如此，是他人眼中的神祕人物與問題人物，在自己眼中可能也是如此。愛情方面，儘管斯威夫特贏得一些人的心，也讓一些人心碎，又有誰知道在那顆他未敢深涉的內心中，藏有何種愛意？「斯威夫特珍惜他的聰明才智、智慧與溫柔，這個人肯定把這些緊鎖在灰暗內心的深處，只會在合適的時機展現給一、兩位受邀過去的人。不過造訪那個地方恐怕不是好主意。人們不會在那裡駐留太久，甚至是忍受待在那裡。他遲早會在各式各樣的愛面前退縮。一百四十年過去，他的笑聲仍在人們的耳邊繚繞著。一名英才居然遭逢如此可怕的轉折與死亡。他是如此偉大，一想到他就像是想到帝國的土崩瓦解。」

一位天賦異稟的天才燃燒著，內心怒不可遏，從那個怪異、冷酷、傲慢、憂傷與野蠻的人身上，頓時迸發出了「一名同樣適合政治與文學的天才，一名注定要撼動強大王國的天才，激發百萬子民的歡笑與憤怒，為後代子孫留下紀念，隨著英語的存續而永垂不朽」。

　　　　　　約翰‧法蘭西斯‧瓦勒　撰寫

註解

1 威廉・蒙克・麥森先生在其作品《聖派翠克教堂的歷史與古物》(*History and Antiquities of St. Patrick's Cathedral*) 中提供了十五世紀以來斯威夫特的族譜。其中有一名家族成員於一六二七年時受封為卡靈福德男爵。

2 王爾德閣下接續史考特與麥森的研究，認為斯威夫特住在七號門牌的房子裡。吉爾伯特先生在其傑作《都柏林歷史》(*History of Dublin*) 裡，認為斯威夫特應該住在九號。住址的號碼雖有所不同，但居住的房屋沒有任何爭議。一八六四年十，高齡八十五歲的派翠克・弗拉納根先生——他是聖韋斯堡的司事，硬朗又可敬——指出了此房屋於上世紀的所在地。

3 史考特說：「有次斯威夫特出門遊覽時，遇到了一名教士，並且和對方結交為友。對方是個見聞廣博、謙卑、有條有理之人，育有八名孩童，是一名助理牧師，薪資每年四十英鎊。斯威夫特沒有解釋原因，就借走了這位紳士的黑馬騎到都柏林，辭去了在基爾魯特的聖職，並且獲得了授予權。他將職務授予了這位新認識的朋友。

當斯威夫特告知這位老教士這件事時，一直盯著老人的臉孔，起初老教士只表現出自己終於能過上到更優渥的生活，然而當他發現是恩人辭去職務，將其授予自己時，臉上的喜

悅轉為驚訝與感謝，並大為感動。斯威夫特本人也頗有感觸，說明自己在那當下，從未體驗過如此的歡樂。這位窮教士在斯威夫特離去時，堅持要對方收下黑馬。而斯威夫特為了不傷及他的感情，接受了這匹黑馬。

4 當年，愛迪森、斯提爾、阿巴諾斯特以及其他學者時常在波特咖啡館碰面。其中幾個場合能見到一名陌生的教士，他進入屋內之後，就會將帽子放在桌上，接著不發一語地來回走動約半個多小時，對任何事都不在意。之後他會拿起帽子，付了錢就悄悄離開。

有一次，這些學者看到他們所謂的「怪人」走向一名穿著靴子、剛剛從異地而來的紳士。這時怪人唐突地問道：「老天保佑，先生，你記得世上是否有過好天氣嗎？」這位紳士訝異地盯著他看，之後回覆：「有的，先生，感謝上天，我還記得自己這輩子遇上不少好天氣。」怪人說道：「我講不出這麼多，我不記得有什麼日子不會太熱、也不會太冷、太濕或太乾。但是，全能的上帝是這麼規劃的，到了年底一切都安好。」之後他拿走帽子，一如既往地離開。

阿巴諾斯特在另一個場合，曾試著開「怪人」一個大玩笑，不過卻遭對方以機智卻討人厭的方式吐槽，於是阿巴諾斯特欣然收手。不久後，他們發現這位「怪人」就是強納森·斯威夫特。

5斯威夫特晚年回顧該書時，讚嘆道：「以前我寫這本書時，還真是聰明絕頂啊！」之後他將該書送給懷特威夫人，並附上提詞「親愛的堂哥贈。」她說：「先生，我希望你是提『作者贈』。」斯威夫特露出微笑，意味深長地回答：「不，是我該感謝你。」這段文字是由斯威夫特本人修改的。

6透過知書達禮的古物研究者威廉‧梨弗斯的善心，我已經拜讀過四封斯威夫特寫給大主教國王的手抄本，內容都與此事有關。原稿在阿瑪那處的圖書館內，我相信這些原稿從未發行過。

7斯威夫特關於此事的所做所為，許多案例都是由他的傳記作家所提供，可能是從他的日記蒐集而來。斯威夫特告訴史黛拉：「我今天跟聖約翰大臣一起用餐。中午時，我前往請願裁判所，送哈利先生進到屋內，並要祕書轉告，若他太晚用餐，我就不奉陪了。」之後又向史黛拉說：「今天我在公園裡散步，後來去了哈利先生的家，抵達時，里弗領主已經到了。我斥責他膽敢在只有奇培領主、祕書與我的時候前來。」

「今天我跟聖約翰大臣用餐，條件是我要自行挑選同行者，也就是里弗領主等人。我也邀請了瑪夏姆跟其他人，但他們都有事情。我這麼做是要向他報復，他居然在跟我用餐前，跟這麼糟糕的同伴為伍」。

肯尼特主教在日記中寫道：「當我到接待室等候禱告時，

斯威夫特博士主導了話題與事物，表現得像是接待客人的主人。他請艾爾伯爵向其兄弟奧爾蒙公爵說情，讓他能獲得赫爾警備隊的牧師職務，並替費德斯先生服務。他向所羅爾德保證，會擔任財政大臣，根據他的呈文，他在鹿特丹擔任英國教會牧師時，每年秋天能獲得兩百英鎊。他曾攔下騎士侍從葛溫，並告訴他，財政大臣有話要對他說。

斯威夫特被派駐國外前，曾與戴夫南特博士之子談話，並拿出口袋裡的筆記本，當作備忘錄使用，記下了要幫對方做的幾件事情。不一會兒，他轉向爐火旁，拿出金錶，告訴對方現在的時間，並向對方抱怨時間已經很晚了。有位紳士說斯威夫特太急了。博士說：『如果大臣給我的錶不準，那我又有什麼辦法。』之後斯威夫特教導一名年輕貴族說，英格蘭文筆最好的詩人為波普先生（一位天主教徒），波普已經著手將《荷馬史詩》翻譯成英文，亟需贊助。波普說：『除非我募集到一千畿尼 (guineas)，否則作者都不該開始印刷。』財政大臣向皇后告退，進入屋內，要斯威夫特博士跟著他。兩人在禱告前一刻離開。」

8 斯威夫特以自己處境寫了一首詩，說明大主教與公爵夫人對自己施展的陰謀詭計。

他們派約克從藍貝斯晉見女王，

憤恨不平地帶著危險的專論，

從文筆、內容與大意看來，

想必出自斯威夫特。

可憐約克成為他人恨意的工具，

為主人控訴，後悔已為時已晚，

這時索姆賽特怒氣沖沖，立誓復仇，

只因斯威夫特控訴她殺夫。

赤髮的她口出惡言，

淬鍊過後傳入女王耳中。

9 強納森‧斯梅德利寫了幾首非常尖酸刻薄的詩句，據說在斯威夫特就職當天，此詩被放在聖派翠克教堂門口。我們引用第一篇與最後兩篇：

今日教堂得院長，

其人名聲不尋常，

禱告瀆神兩相宜，

侍奉上帝與瑪門。

俯視吧，聖派翠克，看我們祈禱吧，

就在你的教堂與尖塔內，

大日子讓院長皈依吧，

要不然，讓上帝幫助子民吧。

現在院長死於此，
刻上院長的墓碑，
神之子民埋於此，
此生未曾想到神。

10 最和藹可親也最有成就的通訊者艾德蒙·蘭薩爾·斯威夫特為強納森·斯威夫特家族的成員。他曾於一八六五年一月二十三日寫信給我說道：「在一七九一年的那件事情說來還真是有趣 (你會發現我年事已高，或許你該佩服我這個已經高齡八十八歲老人的記憶)，我十五歲時，幾乎能記得在我面前講過的或者發生過的事情。當時我曾經遇過一名上了年紀的人。他是牧師艾許博士，他是米斯郡的克朗納德修道院院長，也是克羅赫主教的後代 (可能是直系或者旁系)，聽他的說法，強納森·斯威夫特與史黛拉結婚時就是由這位主教見證的。這是主教大人家族流傳下來的私人陳述。」

11 承蒙好友王爾德的好意，我才能見到史黛拉的肖像與胸像，因此得以呈現給讀者。前者是翻拍已經過世的博威克榮譽法官所擁有的肖像，胸像則是戴爾鎮的複製品。一八三五年，在聖派翠克教堂墓穴中挖出史黛拉的頭骨，王爾德大為喜愛，描述其完美體現了勻稱與美。「祂的輪廓是

我們所見過最優雅的，牙齒十分潔白與整齊，受到大眾一致讚賞，或許是所見過的頭顱中最完美的。整體上來說，替這顆頭顱披上當時小流行的雪花石膏般的白皮膚，並不算是突發奇想；替祂裝上原先烏黑亮麗的頭髮、雪白的寬額頭、平畫的眉毛以及具有亮澤的深色雙眼、高挺的鼻子、輪廓分明的嘴巴、噘起的上唇、豐潤的下巴、優雅美麗的長頸。這個描述，在內勒繪畫作品的知性美畫風下得以重現，並精確地依照現存的史黛拉形象，向我們呈現出她的輪廓與頭型。」

有關史黛拉的一切都很有趣。我曾有幸能看到斯威夫特送給史黛拉的鶴嘴鋤，現在由都柏林新橋出版公司的查爾斯·科比先生所有。柄為癭瘤木旋入製成，並鑲上一塊銀板，上面刻著：「鄰居將會笑我用這個來耙動石頭。」

12 斯威夫特死後，有人找到一束史黛拉的頭髮，以一張紙捲起，上面寫道：「只是一位女人的頭髮。」史考特看到這些文字後，認為這是斯威夫特用來掩飾內心的真正情感，所裝出的憤世嫉俗與漠不關心。薩克萊說：「這些文字是否暗示斯威夫特的漠不關心，或者他在試圖掩飾他的想法？你們是否聽聞或者讀過更加悲傷的文字？」不過我們認為史考特是正確的，是基於史黛拉之名的關係，才有這份渲染力。

13 這項敘述有誤，貨幣的價值並沒有如此低廉，皇家鑄幣廠監管艾薩克·牛頓進行實驗證實，在質量、純度與價值

方面，這些貨幣跟英格蘭同一面額的貨幣價值相等。

14 人人皆知斯威夫特就是這幾封信的作者，但沒有人會背叛他。是他忠誠的僕人羅伯特・布拉克萊將手稿帶往印刷廠。有天晚上他沒通知任何人便擅自離家，斯威夫特以叛徒論處。布拉克萊宣稱自己是無辜的，乞求能繼續待在家中，不過主人不敢繼續讓一名對自己不敬又挑戰他權威之人留在家中。

斯威夫特說：「把你的家當打包好，立刻滾出院長官邸，如果你有勇氣，就用最惡毒的方式來報復我吧。」布拉克萊哀傷地離去，卻無愧於心。當危機解除後，斯威夫特派人去找他，並且當著所有僕人的面前，宣告他現在是聖派翠克教堂司事布拉克萊先生，每年薪資為三十至四十英鎊。

15 這種爭論的案例直至今日還是數不勝數。斯威夫特曾經在總督的恩准下，申請成為亞麻布工廠的受託人，以及擔任和平大使。卡特萊特領主毅然決然地拒絕了這兩項申請，說他確定斯威夫特會對這樣的工作嗤之以鼻。

斯威夫特回答：「不，大人，我不會的。我擔任這兩項職務時會服務公眾，不過我不受大人您的管理，也不會替理事會工作，更不會忍受屈辱加入理事會、區域會議或巡迴法庭，而我知道為了這個無趣的工作，你不會縱容我家人。然而，若我是無足輕重的國會議員或是主教，能將選票投給執政者，背叛我的國家，到時你就會殷勤地恩允我的請求。」

卡特萊特領主冷靜又開門見山地回覆：「你所說的句句屬實，那麼也請你體諒我。」

16 薩克萊說：「斯威夫特是個熱情洋溢的牧師，具備虔誠的精神。儘管人生經歷過許多起起落落，甚至被逼瘋了，但信仰的星光仍穿透他那憤恨不平心中的風風雨雨，在藍天上真摯地閃耀著。」當斯威夫特進行公開禮拜時，向來是個心思細膩之人。所有人都知道他唸完整個禮拜儀式的故事，當時只有他與「親愛的羅傑教士」兩人而已。德拉尼夫人於自傳中寫道：「下週日時，斯威夫特聘用皮爾金頓先生，替他在聖派翠克修道院講道。當時皮爾金頓夫人看到斯威夫特獨自一人完成講道，過程中完全沒瞄過講稿，讓她感到十分震驚。佈道結束後，他被窮人團團包圍。他施捨給所有人，就是不給一名雙手骯髒的窮老嫗。他對老嫗說即使身為乞丐，水仍是綽綽有餘，能讓她將雙手洗乾淨。

此處的肖像是首次發行的斯威夫特肖像，是依照一枚製工精良卻稀少的紀念章繪製而成。這是我的博學多聞又多才多藝的好友，愛爾蘭皇家學院會員李察‧羅伯特‧麥登博士所有，並好心地交由我處置。

17 以下詩句取自於發行於一七三三年的諷刺作品，可以從史考特的斯威夫特作品及第六版第四百三十七頁找到：

蠢蛋彼得沃斯鋃鐺入獄，
勞心勞命只得半頂王冠，
法律他懂卻忘內文註解，
單一案例他稱律師兄弟。

　　律師火冒三丈，在一名朋友家中找到斯威夫特，把他抓進隱密的房間後，傲慢地對斯威夫特宣示：「強納森·斯威夫特博士，聖派翠克修道院院長，我就是高階律師彼、得、沃、斯！」斯威夫特冷冷地問道：「請問閣下哪裡高就？」「噢！院長先生，你開玩笑的能力我們都心知肚明，你也很清楚我是陛下其中一名高階律師，專職法律事務。」斯威夫特問：「然後呢，先生？」「然後呢，我是來請教你是否就是這首詩以及這幾行誹謗我的詩句之作者？」

　　斯威夫特回答：「先生，這是在我早年時，索姆斯領主給我的一份忠告，無論是不是出自於我的手，都不足以構成控訴我的要件。即使我曾數次寫詩指桑罵槐，之後所做之事也絕不可能讓其他人聯想到是我所著。直到今天，我一直以來都服從這項非常明智的建言，我相信即使你身為法律專家，傾盡全力也難以煽動我背棄這項原則。

　　最終高階律師彼得沃斯說：「好，既然你無法給我滿意的答覆，我就告訴你，是你身上的長袍讓你免於遭受懲處。

你就像你自己筆下的犽虎，爬上大樹，安全地坐在上面，朝全人類丟擲穢物。」斯威夫特感受到這句話直接戳到他的痛處，於是說道：「那傢伙談論到這次會面時，展現了出乎我意料的機智。」

另一個更具個性的版本中，斯威夫特回覆律師的指控：「彼得沃斯先生，我年輕時結識不少大律師。他們知道我寫作諷刺，建議我若是諷刺任何雜碎或笨蛋，而對方前來質問我的時候，就像您剛剛那樣，我應該矢口否認自己就是作者，因此我要告訴你，我絕對不是這幾行詩的作者。」

18 斯威夫特所著之詩貼切地形容他在一七三四年的情形

頭暈、無助、耳聾之人，無法領受好友心意

不是鐘聲，亦非天上傳來的雷鳴，

而是奇妙更甚者，至少相信，

沒有我那嘈雜的女人在我耳邊叨叨絮語。

19 一七四一年八月十二日，精神病調查委員會介入盤問斯威夫特的現況，於十一月三日進行回報。這份盤問於八月十七日展開，同一天，委員會發現斯威夫特心智不清，八月十九日撤回調查令。邦克斯醫師在都柏林的《醫學季刊》(*Quarterly Journal of Medical Science* vol. xxxi, 1861) 中刊登了一篇非常有趣的研究，並附上原先的檢查令。

20 斯威夫特在一次恢復理智的時候，寫下了他最後的作品，是一首非常符合他的天性的諷刺短詩。那天斯威夫特與醫師在庭院裡漫步時問：「那棟新建築是什麼？」金斯伯里博士說：「那是軍火庫。」斯威夫特說：「喔，唉！」接著拿出口袋裡的筆記本，「讓我為它寫些東西。」值得一提的是，斯威夫特當時是模仿哈姆雷特的口氣說道：「我的藥錠，我的藥錠。記憶，放過它吧！」之後寫出以下的詩句：

看吧！這是愛爾蘭精神的證明，
在此讓大家見識愛爾蘭文人，
如果沒有事物值得捍衛，
就讓我們建立軍火庫！

21 斯威夫特為了表達感想，在牆上提詞：

這裡躺著強納森·斯威夫特的屍骨
聖派翠克修道的
非天主教徒院長
當憤恨不平之事發生
心灰意冷的旅人
還有一首詩的副稿
自由的堅定擁護者

於一七四五年

十月十九日埋葬

享壽七十八歲

　　這段墓誌銘寫在黑色的大理石上，原本放在正廳西南方
數過來的第二列，就在斯威夫特墳墓的對面。可惜近期在吉
尼斯先生的主導下，進行修道院的整修，這塊大理石板被搬
到正廳南側的法衣室門口對面，位於原先位置南方好幾碼外。

　　22 出自《斯威夫特院長的晚年生活》(*The Closing Years of Dean Swift's Life, &c. Dubln : Hodges and Smith. Second Edition*)。

　　23 出自馬宏領主的《英格蘭史》(*History of England, vol. I, p.69*)。

　　24 強森博士批判斯威夫特立場不忠，不過比起史丹霍普
領主的批評，他的批判更加公正。我們應該還記得，一個是
以托利黨的角度看待這個問題，而另一個是從惠格黨的觀點
切入。「他受到的政治教育讓他與惠格黨息息相關。當惠格
黨背棄自己的原則時，他便離他們而去，卻從未走向另一個
極端。他一生都是以英格蘭人教會的立場，思考自己該與代
表國家的惠格黨，或是代表教會的托利黨進行合作。」

　　25 取材自《愛爾蘭過往與今日情況概述》(*A Sketch of the State of Ireland, Dublin*, 1810)。

　　26 取自馬宏領主的《英格蘭史》第七十頁。